坂井一則　詩集

夢の途中

コールサック社

詩集　夢の途中

目次

I

Ⅱ

Ⅲ

詩集

夢の途中

坂井一則

I

跨線橋《こせんきょう》

この橋の下では　日々
幾千の想いが行き来する
喜怒哀楽を心の襞《ひだ》に忍ばせて

例えば上りに気持ちを奮い立たせ
下りに憔悴《しょうすい》を持ち帰る旅人よ
君の下車駅はまだ遥か先か

君の焦燥がどんなに絡まろうとも

レールのポイントでは巧みに解かれて
明日も定刻通り列車はホームに入線する

晩秋の跨線橋からは夕陽に染まった峰々が見える
そのずっと先にはまだ君の見知らぬ街の
輝かしい明日があるのだ

過

1　過《あやま》たず

切られた糸を結び直す蜘蛛のように
あるいは
春を忘れず飛来する渡り鳥のように
過たず
己の本能を貫くものたち

弦に引き絞られた一本の矢のように
あるいは
転倒された砂時計の三分間のように

過たず
ひたすら役割に徹しきるものたち

つねに
定められた世界に
己の在りかを見出すものたち

「なぜ」と問うことのないものたちよ
過たず繰り返す
何度でも

何度でも…

2　過《あやま》つ

切られた糸を結ばぬ蜘蛛のように
あるいは
冬を忘れた夏鳥のように
過つ
己の本能に背《そむ》くものたち

正鵠を外した矢のように
あるいは
括《くび》れに詰まる砂時計のように
過つ
本来の役割を演じきれぬものたち

つねに
過つ世界に在るものたちに
日常は容赦ない

「なぜ」と問うことを許されぬものたちよ
過つことは
それが全て

それで全て…

蟹の数え方

その筋の人の蟹の数え方は
生きているものは「匹」で
商品になって店先に並ぶと「杯」と呼ぶらしい
その境目は
生きているか死んでいるかだと云う

一本の鮪も解体されれば
一丁《いっちょう》
一冊《ひとさく》

一切《ひときれ》
と数え方は目まぐるしい

人間だって
生きていれば「人《にん》」
遺骨になれば「柱《はしら》」
位牌に納まれば「基《き》」
と単位が変わる

すると
生きているのにまるで死んだようなヒト
死んでいるのに今なお心に生きるヒトは
なんと数えたらいいのだろう

「人」でも「柱」でもまして「基」でもない者たちよ
私はあなた方を
「友」と呼ぼう

大地獄《おおじごく》

保育園児の孫が指折り数えている
てんごく・じごく・おおじごく（天国地獄大地獄）
てんごく・じごく・おおじごく

問えば自分の名前の字数《じかず》だと言う
天国地獄大地獄を自分の名前の分だけ
順繰りに重ね合わすのだと言う

なるほど

子供心にも「天国」は三分の一
残りの三分の二は
「地獄」と知っているということか

しかし「地獄」はいいとしても
「大地獄」とはどんな地獄のことなのだろう
地獄に「大」が付くからには
相当怖いところには違いない
けれどもお前たちはまだいい
天国も地獄もまだまだ先のことだから

ワタクシの名前は七文字だから「天国」だけど
その扉が遠からず垣間見えそうだから
あながち

諸手を上げて喜んでもいられない

天国　地獄　大地獄
天国　地獄　大地獄

たわいのない遊びと知りつつも
気休めだとは知りつつも
「天国かぁ」と嬉しさ半分
そして残りの半分
「大地獄」のことがやっぱり気になる
日々

天秤

1

わたしの胸の内にある天秤

わたしはこの秤《はかり》で
りんごの重さを量る
命の重さも量る
だが量れない
わたし自身の想いが

どんなに量ろうと試みても

左右に傾《かし》ぐ
振れ止まぬ針
水平を知らぬ棹

それほど
自分の想いとは
揺れるものなのか

2

わたしの胸の内にある天秤に
あなたへの想いを乗せてみる

分銅は
重たければ重たいなりに
軽ければ軽いなりに
釣り合う

釣り合ってしまうのだ

あなたへの想いとは
つまりそこには決まった重さがない
という証しでもあるか

だからわたしは
あなたへの想いの本当の重さを
知る術がない

3

二つの言葉を
わたしの胸の内にある天秤に
乗せてみる

重く傾ぐ方が
必ずしも的確な言葉だとは限らない
軽く浮いた方の言葉にも
真実はある

どちらが今のわたしを表す言葉であるか

だからわたしは　日々

研がねばならない
摩耗した天秤のエッジを
言葉の職人として

ひとりぼっちのサンタクロース

風の色に蒼い透明さが増し
夜の街には
橇《そり》とトナカイとサンタクロースで溢れていた

あれは何時《いつ》の頃だったか

点滅する豆電球が
帰路を急ぐ人の背を
ゆるく押し留めていた

凍《し》みる夜風に深呼吸して
飲み屋をはしごして
ひたすら頭を痺れさせるためだけに
むかつきを飲み込んでいた

あれは若かったせいではない

己の居場所を確かめるために
橇とトナカイとサンタクロースの街の裏通りの
ナイフのような風が通り抜ける路地で
彷徨《さまよ》っていた

ただただ彷徨っていたかったのだ

その怪しげな路地で
凭《もた》れ掛かるように建っていた飲み屋は
今では鮮やかな電飾に彩られ
大きなガラス窓の横文字に
若者たちは杯を交わしている

バー「如月《きさらぎ》」のお姉さんも
大衆酒場「喜久《きく》屋」の大将も
みんなトナカイの橇に乗って逝っちゃった

私は取り残された
ひとりぼっちのサンタクロースのように
配る宛のないプレゼントを抱えて

途方に暮れている

あなたに

あなたが野に咲く一本の薔薇ならば
わたしはその茎を支える一塊《いっかい》の土
あなたが小鳥の羽を休める枝ならば
わたしはその幹を支える土塊《つちくれ》の根

そのように
愛する者愛される者の間に
理由は必要か

野晒《のざら》しの中
あなたもわたしも
共に想い合う　心
共に在って　一つ

言葉があなたとわたしを繋ぐ

一本の鎖

閉ざされたものたちが
個々に淋しく
輪になっている

けれども

そのひとつひとつが
互いの内に触れあい
触れあった互いの手と手が

共に取り合うとき
閉ざされて在ったものたちは
連綿と繋がり
それが一本の鎖となるのだ

そのように
集いあって思いあって
一つになった撓《しな》う意志は
どんな力であっても
断ち切ることはできない

誰であっても断ち切れはしないのだ

例えあなたとわたしの間の

見えない一本の鎖
でさえも

卵《らん》

卵に関する確執がある。

それは例えば冷蔵庫のストッカーにあるタマゴではない。食材や捕食としてのタマゴの事ではなくて、生命の誕生である「卵《らん》」のことだ。胎生に対する卵生と言い変えてもいい。

私たち哺乳類は進化の過程で母の胎内に受精し、育まれ、出産に至る過程を考える。そこには遺伝子の継承の最も確実な方法としての、進化した、敢えて愛だの母性だのという倫理を排した、純粋に、運命的に、ただ次世代に繋ぐというだけの、必然での生命の話のことだ。

胎生以外の生命体は、ほとんど、卵生として出生する。魚類、両生類、爬虫類、鳥類、昆虫、そして一部の単孔類、皆、卵生である。水棲地上（地中）の環境の差こそあれ、体外体内の差こそあれ、卵生は殻があってもなくても、一つ一つが独立し孤立した完結の存在だ。


そうだ、卵は既に個の存在である。

卵は未生の分裂に賭《の》るには、外界にあってはあまりに無防備だ。

だから卵生は胎生に対して圧倒的大量な存在でありながら、絶望的生存率の位置に居る。

ウミガメは5000個の卵に対して一匹しか生き残れない。

生き延びられないのだ。

それも既に死をプログラミングされた細胞を、何時《いつ》如何《いか》なる時も内包させながら、ウミガメは０・02％の確率を信じて大海原を回遊する。

顧みて、哺乳類も「卵」に発している。
なぜなら原始地球はメスのみで構成されていたからだと言う。
卵の分裂だけで充足されていた世界だったからだと言う。
オスの遺伝子は、単に「卵」の遺伝子の生き残りのための存在だったからだと言う。

ならばいずれ、オスの役割は終焉するはずだ。
地球の成長により多くの生物は淘汰され、生存競争が少なくなれば、遺伝子の伝承はより簡潔に、より省力化に、そして何より、最後はあの原始地球の自己完結へと、卵だけの世界に還るはずだ。

卵の未来に幸あれ。

貝

貝は潜る。
貝は海底に、砂浜に、潜ることで生き延びる。
貝は視界を放擲《ほうてき》して暗闇と引き換えに、柔軟な内臓器官と若干の筋肉質を
　保持するために、殻の内側に籠る。

貝は眼を持たない。
貝は耳を持たない。
しかし、
貝は眼を閉じながらも僅かな光を抱いていく。

貝は耳を塞ぎながらも微かな風を聴いている。

ただ、体内時計を拠りどころに、待っている、耐えている。


太古、貝は硬い殻とひ弱な生身が別々に存在した。

だから、淋しい空虚な殻が、孤独な内臓を求めて共棲し合ったことは、有り得ることだ。

或いは太古に、元々、一皮の殻で纏《まと》われた脆弱《ぜいじゃく》な貝が存在した。

そのか弱さ故に、殻を幾重にも積み重ね、内臓を守り抜いたことも、有り得ることだ。


貝にとって潜ることは必然であり、自然であり、最も確実な環境なのだ。

たとえ海底や砂の重圧に、押し潰され、窒息しながらも、殻と生身は互いに信じている。

信じ合っている！


その証拠に、貝は殻だけになってもなお、己を晒《さら》す。

内臓や筋肉質だけになってもなお、貝が貝であることを止めない。

波に攫《さら》われ、砂に見放され、殻と生身が分離しても、貝は貝自体の矜持を保ち続けている。

誰も互いを単なる無機質な炭酸カルシウム、或いはたかが有機物のタンパク質とは呼ばない。

子供は砂浜で光彩色に眼を丸くして、あたかも宝物のように貝殻を拾い上げる。

耳に貝を押し当てるためだ。

遥か、海の音がする。

Ⅱ

夢の途中

（夏目漱石「夢十夜」のような…）

こんな夢を見た

私は一本の刃物を研いでいた
蒼光りを頼りに
無心に　ひたすら研いでいた

なぜ研がねばならなかったのか
その意味が理解出来なかったが
その刃は砥石に私を盛んに攻め立てた

どれだけ研いだだろう
刃は随分と薄く
薄くなるほどにただ光りは冴えていった

わたしはいずれ刃先から
削ぎ落されていく予感がした
蒼い光りが遥か先に仄見えていた

或いはこんな夢も見た

手のひらに包み込むほどの
桐の小さな箱を持っていた
蓋の中身はまるで重さがなかった

これはきっと子供の頃
母に一度だけ見せられた
私の「臍《へそ》の緒」だと確信した

私はいままで一度も思い出さなかったが
それは「あちら」の方から
必然にやって来たのだと思った
私の手のひらには重さがなかったが
握り締める感触だけが在った

そしてまたこんな夢も見た

辺りがやたらと騒がしい
まるで祭囃子《ばやし》の縁日のような
ハレの日のように

みんな浮かれ陽気に舞い
言祝《ことほ》ぎ戯れ一心不乱に
風の葉擦れが高く謳っていた

私はいまだ夢の途中に立っている

植物図鑑

1　実生《みしょう》

もしも発芽した一本の実生であれば
私はその震える葉に想いを馳せる
風や日照りの軽さに驚きながら

もしもあなた自身が実生そのものならば
私はその震える想いが驚かせる
時に耐える一本の実生が重すぎるから

そのように

在るものがきびしく灯り
無いものがさんざめき
私の明日を黎明に差し示す
実生が立ち尽くす

あれは確かに震える命である

2　ウツボカズラ（食虫植物）

それは吊り下げられた袋に液体を入れ
ただじっと待つだけの存在でありながら
静かな毒を秘めている

袋の構造は魅惑な蜜と誘惑な潤滑剤で
それ以外の意志も行為も持たず
後は時の魔性に凭れていればいい

だが人よ
もう賢《さか》しらにウツボカズラを言うな
待つと言うことが存在であるならば
必死の袋そのものが　ただ
あるがままにいるだけなのだ

私はあの液体の袋で満たされていたい

3　林檎

ここに一個の林檎があって
例えばその果実に内包されて育つ種と
その種を慈しみながら熟れ腐る果肉と
さてどちらが幸せなのだろう※

林檎は淋しさを知っている
何処までも白い果肉への懊悩は
ただ内奥に挑む意志の続きである
芯も種も全て果肉に含まれ
閑《しず》かにその時間を待ち
時にその夢を待ち
暗闇のしかしその実

スッパリと開かれたその瞬間
それは白く　真っ白な果肉を晒し
真実の白日夢に目眩《めくるめ》く己に気付くのだ

それは

光り輝く種皮の赤い存在に目もくれず
その果肉の内の闇や熟成にも意図せず
林檎はそれ自体が完全なる果肉なのだ

だから見るが良い
そのシンメトリーが例え歪《いびつ》であっても
一個の林檎の宇宙はそれで完璧なのだ
果肉が育て或いは熟れ落ちたとしても

その林檎であることが生命の芸術作品なのだ

※拙著詩集『世界で一番不味いスープ』（２０１８年）Ｐ44から

白桃

静かに満ちる微かな染みは
芳醇な、そしてまごうことなく順列にする
それは必要にだが誰にもなれずに
不安に、そして確実に食物は「成長」する

食料は人から人へと推し尽くす
重力のかなたへ
だが不思議と重力の浮上にはギリギリ以上には変わらず
たわわなその瞬間を奇妙に尽くしながら

果実は相変わらず土壌に翻る

彼らには呆然自若に不幸なことなど何もない
吹かれる胸には白い胸
やがて触れる確かな胸
私たちは静かに待っている自己静止まで
白桃は何時までも自制している

この白桃に晒されながら
明らかに何かを意味しているのだ
自分に立ち尽くすために

白桃の萎える時間
だが私にとっては堪え難い時間である

萎えながら滴に落ちる果実の劫火
だがあれは冷たい正気
露出した種子の幸運には
私はどうしても理解出ない
自分に艶やかな香りが衝く

Ⅲ

浜辺で

1　ザイル

浜辺で
切れたザイルが落ちている
簡単には切れそうにない
丈夫なザイルが
千切《ちぎ》れている

そのザイル

誰の意図に切られたのか
或いは己自身が生きる術に失くしたのか
千切れたザイルが無造作に
落ちている

かつて
繋ぐものと耐久性の挟間にあって
信頼し不屈し再形成しあったものたち

が

今は単に無性に現われて
無言のない
海の呻《うめ》きに晒《さら》されて

轢《ひ》き千切られたザイルが
浜辺に「存在」しているだけだ
海の声を聴きながら…

2　シギ（鴫）

シギの鳴く声は哀しい
シギの尾を上下に振る様の
「鴫立つや　礎《いしずえ》残る事五十　／　漱石」の跡の
憐れ波間に杭に立つ姿は
真《まこと》に潔い立ち位置だ

長い嘴《くちばし》で餌を挟み
やがて旅行くときを得て
越冬のために南下する

シギはおのがじし
皆　生きている

尻振りながら繰り返しを
その目眩《めくるめ》く夢の繰り返しを
ただ強《したた》かに飛ぶ繰り返しを

シギは明日の声に生きようとする
飛び去る先を

精一杯の肉体に託して
シギは鳴くのだ

皆　生きていく

3　貝

一個の殻の内の生命
固く閉ざされた出来事を
誰が知るだろう
沈む　沈む

一つの存在
だがそれには同じ速さで
埋め行くものがあるはずだ

砂の行為
砂の意図
砂の
繰り返される眩暈《めまい》の中へ
確実に沈み行くもの

貝の閉ざされた精神が
重く耐えている

砂の重さ分だけ耐えている

砂漠

砂漠というとすぐ、死や破壊や虚無だけを思いうかべるのは幸福な詩人の話で
一般的には、むしろ砂のもっているあのプラスチックな性質にひきつけられる
のが普通なのではあるまいか。

（安部公房「砂漠の思想」より）

1　死

死でもないのに動き回っている
1／8㎜の粒子が動き回っている
死でもないのに水を飲んでいる
灼熱した空気に喉を潤している

そのように
死でもないのに生きながら呼吸し
生でもないのに眠る時間に無聊《ぶりょう》を託《かこ》つ

砂漠は大いなる矛盾だ

「死」そのものを内に満たしながら
「死」そのものが永遠な生を満たす

砂漠とは死そのものが生を活かすのだ

2　破壊

静寂な時間でしかお前は語らない
悠久の時間でしかお前は存在しない
そのしなやかな無機物は
平均粒子径1／8㎜で世界に棲む
無言な相貌には慈悲の安らぎすらあって

私たちは美しい宝石箱を持ち
芳醇に浸る砂の蓋を開ける
恐ろしく静かで
可視光線の外側にある闇の時間

君は知っているのか

破壊とは砂の爆発だということを
物理的所在の爆発だということを

時の静かな崩壊とは
目眩く気の長い破壊である

3　虚無

砂の心に宇宙があるならば
1／8㎜の粒子一つ一つが
無数の空虚である

砂の心が虚心の眼であれば
世界の価値や意味を認めず
砂はもはや砂漠を持たない

だから古代中国の哲学者は
砂の姿に本体を見たのだ

人や石垣でもない
常にさらさらと流動する
砂漠の虚無こそが真実であることを

4　プラスチック

死ではなく
破壊であって
虚無ではないもの

平均粒子径1／8㎜の砂漠より
さらに微粒であるもの

化石有機物でありながら
無限に生まれる人的合成物よ
お前を産みだすものは私たち人間だ

それが今

私たちを飲み込もうとしている
地球という在りとあらゆるもの
私たちの砂漠すら瀕死にさせる

夜更けに

1　ノクターン

その時
逃れられない音の波
溢れ続ける旋律の光

ことしれず
あまねく闇に
それはやって来て
私はかつての日々を
振り仰ぐ

午前零時

発作の薬が微かに回りだす
今宵の夢はまだか
寝返りをまた打つ

2　夢

漆黒の闇は静かだ
それはまた距離感の欠如でもある
闇とは本来暗黒の云いか

昨夜　夢を見た
浮力のない重力もない世界
私はどこに行こうとしていたのか

私の脳裏はいつも半分だ
投影する夢を語るとき
もう一方が彷徨っている

闇と夢の境目を
少なくとも今は覚醒している
その微妙な振り子を

3　カタクリ

幾つかの時を超えて
幾つかの星を焦って
私は夜更けの詩を願ったことだろう

天井に降る星々が射る
光りより更に目眩く言葉に
私は夜更けにどれだけ射貫かれただろう

私には幾つかの旅がある
その先々には紅紫色の
カタクリの花が咲いていた

あれは私の過去か
それとも未来の夢？

私の詩は明星に咲く
カタクリの沈殿物のように
水底で白く輝いているか

川

川の流れを書こうとして
あれこれ言葉を探すのだが、
川の流れる音を言い当てることは難しい。

それは川が生きているからだ。

そして生きているのであれば、
それは「イキモノ」だから、
常に定置せず、常に移動し、

一時もなく留まってはいないからだ。

その証拠に川の中を覗いて見るがいい。

魚や昆虫、草に藻、無機質な石まで、
たくさんの命が見えるだろう。
たくさんの命が震えるだろう。

その夥しい微かな振動が
川を為すものたち（有機無機に拘らず）で一斉に湧きあがり、
その夥しい微かな共鳴が
川を為すものたち（息吹壊死に拘らず）で共鳴し合っている。
だから私の耳には、大いなる静寂しか聞こえない。

共鳴が打ち消しあってしまうからだ。
川に成す命の明日を夢見ている。

樹

樹が立っている。
それを下から見上げている。

樹皮はひび割れているのだが、艶やかな明るさがある。
身近に見ればそれ相当な時間と風雪を感じられるが、
威風な姿には、老いる影は微塵《みじん》もない。

樹もいつかは朽ちるときが来るのだろうが、
樹を取り囲んでいる霊気は、今のところどこを見ても骨太だ。

それに対して私たちの手足、その肢体を晒して比較すれば、
脆弱な棒切れは余りに未熟だ。

ある未明、樹から奇妙な葉枝が生えてくる。
巨木の末端から、夥《おびただ》しい幼茎が生えてくる。
その中の一本が、生命と言うには禍々《まがまが》しい葉脈を執拗に製造させ、
樹の根元にそっと忍ばせる。

やがて時間に樹は倒壊し、幼葉《ようよう》が生き延びて次代を生きるだろう。
樹皮の中の水分が涸れ、朽ち落ちた成分が次代に託されるだろう。

輪廻転生。

いや違う。

輪廻はとうに定められていた。
転生などは後の話だ。

狂おしい生命の歌がいま、体中で響き渡っている。

水

始まりは一滴の雫。

水は常に下へと落ちる。
そう、それは「落ちる」ものだ。
例え蒸気となって上昇しても、水はいずれ落ちるのだ。
逃れられない引力から、すべからく物質は地上に向かって落ちる運命で、
その従順たるや、さながら殉教者の如きである。

だが水は、誰にも縛られない。

そう、それは「自由」なのだ。
例え温度に絡めとられても、水は誰かに呪縛されない。
分子量18でありながら、常温で水が存在するということの矜持をもって、
水は己の中に確たる信念を持って動き回っている。

しかし水は、暴力的な重力の手の内にあっては、水ですら例外ではない。
どんなに悶えても、落ち行く先は決まっている。
水がどんなに意志と暴力的にあったとしても、
重力の手にあっては赤子の手を捻るよりも簡単だ。
釈迦の掌に屈服された孫悟空の猿智慧より非力だ。

けれども水は決して怯《ひる》まない。
幾度も幾度も絡められ引っ張られ貶《おとし》められても、
水は水であることを止めない。

それはたかが一つの水分子が無数に寄り添って、
固まり合って手と手を伸ばし合って抱き合い、
落ちながらも上昇して行くからだ。
水の一滴一滴同士の強い絆なのだ。

始まりは一滴の心。

道

なだらかに雨の降り続く道がある

その道の行き着く先は誰も知らない
だが私は歩み続けている
不思議な力に導かれるように
或いは科せられた罰を償うように

（科せられた罰とは何だろう？）

道があるから歩むわけではない
歩み続けた軌跡が道となり
人も獣も生きとし生けるもの
水も風も光さえも
法則のように摂理のように
皆　この道を歩んで行くのだ

（私は歩みながら考える）

愛する者のために歩むことは必然か
それとも
歩み続ける勇気が愛を齎すものなのか

歩む渦中にいる私には判断できない

言えることは
私には歩みを止めることができないということだ
（能動的にも受動的にも…）

雨が降る
人が濡れている
獣が濡れている

風も光も雨の中では
皆等しく濡れている
水だけが道に沿って流れて行く

（時が経つ）

もしも
「時間の矢は未来から過去に向かって流れて行く」
のであれば
私は時間に逆行しながら道を進むことになる
私は過去に向かって前進していることになる
獣の舌は雨に濡れながら喉が干上がっていく

時間と共に雨に降られて
今日の私は
明日の方から歩んで来て
昨日に向かって天翔《あまかけ》ることになる

（としたら）

今日の私はなだらかに続く雨に立って
さてどちらに歩んだものか
実は途方に暮れているのだ

蟬

七月も半分経つと
今年もまた蟬の声が聴こえる
しかしその時期に貴方はいない

貴方は生真面目で優秀な技術者で
半端な技術者だった私は
憧れと眩しさで貴方の前に居た
蟬の声は元気に鳴いていた

そして貴方はその日を境に
半月の間病床に就き
蟬も聴かずに逝ったのだった

あの日も蟬が鳴いていた
この世をばかりと鳴いていた
献体を決めていた貴方は
どこか遠い土のにおいがした
蟬の声にも色があることを始めて知った

その時
貴方が四十二歳で私は四十一歳
それから私は二十四回目の蟬の声を聴いたが
私はあと何回聴くか分からない

ただその時には
私は貴方より何回多く聴いたかを教えたい
蟬は美しい声のように鳴いたと伝えてあげたい

背後

背後で音がする

（コトリ…）

振り返らずに
だが確かに覚えがある
懐かしさが染み透る

（コトリ…）

私の生き様が背後で語る
たかが六十有余年の時間に
おまえは何を残して来たか
おまえは何を聴いて来たか

（コトリ、コトリ…）

そして私には
あと何が残され何が響いていくか
意を決して振返り眼を凝らしても
遥か先には微かな明滅があるだけ

（コトリ…）

バッハの『フーガの技法』のような
「無限に続く灰色」※が
背後から確かに聞こえてくる

※ピアニスト＝グレン・グールド

その先には

始皇帝も神武天皇（享年一二七？）も
暴君ネロもイヴァン雷帝も
歴史に載れば一頁の教科書となって
人類ある限りは語られるが
私の数頁ごとき詩集は
誰が何時《いつ》まで知っているだろう
それはたぶん
三千万冊以上の本（その他収蔵数一億五千万部）の
アメリカ議会図書館に紛れ込んだ

一篇の紙切れほどにも値しないだろう

しかしそれでもいい
私がいまここに居るだけで充分だし
今まで幾何《いくばく》の言葉もあった
幾何かの音楽も聴いてきた
幾つかの言葉は失ったが
私自身はいま
確かに
考えられるから

そしてその先には…

解説

「卵」と「実生」から「夢の途中」を歩む人

――坂井一則詩集『夢の途中』

鈴木比佐雄

1

坂井一則氏は多様な世界の生きものたちの在り方や人間が創り出した事物など、存在や存在者の関係の不思議さを問うてきた。今回はほぼ書下ろしの第八詩集『夢の途中』を刊行した。二〇一九年秋に刊行された詩集『ウロボロスの夢』から二年しかたっていないが、この間は坂井氏にとって生命に関わる脳の手術をされて、存在の危機を日々感じられていたに違いない。しかしそのような最もエネルギーが闘病に注がれていた時間に、坂井氏は生の根底を問うテーマを言葉に刻んだ詩集を構想して、時に数行を書くのでも数時間もかかるほどの労力を振り絞って、今回の三十三の詩篇を書き上げた。闘病という文字通り生死の境をさ迷う病と闘いながら、今回の詩集が誕生したことは、私には坂井氏の身体中には詩的精神の血液が流れて、その力によって脳の患部をなだめて逆に脳に新鮮な血液を巡らし、再生や癒しを促している奇跡的行為がなされていたような思いがした。

本詩集は三部に分かれ、I章十一篇は詩「跨線橋《こせんきょう》」から始まる。今までの詩集と同様に、坂井氏は他者が気付かないどこか目立たない場所にも霊感のようなものを感じて、ホットスポット的な場所として新たな観点を見出してしまい、それによって詩作を開始するところがある。「跨線橋」とは線路を跨いでいく橋であり、切り裂かれた地域をその橋によってつなぐ役目がある。またその橋の上から列車で移動する多くの人びとを夢想することも可能だ。坂井氏はそのような不思議な場所から詩集を構想したのだろう。その冒頭の二連を引用してみる。

この橋の下では　日々
幾千の想いが行き来する
喜怒哀楽を心の襞《ひだ》に忍ばせて

例えば上りに気持ちを奮い立たせ

下りに憔悴《しょうすい》を持ち帰る旅人よ
君の下車駅はまだ遥か先か

一連目の「跨線橋」の下を過ぎる時に、坂井氏は「幾千の想い」である「喜怒哀楽」を「心の襞」に感受してしまう。「幾千の想い」とは跨線橋の下を通る人だけでなく、上り列車や下り列車に乗っている多くの人びとの想いだ。つまり坂井氏は、地域の線路沿線の人びとだけでなく、列車で職場や学校に通う多くの人びとの「幾千の想い」を「心の襞」に沁み込ませてしまい、「跨線橋」を通るとそんな多くの人びとの想いで胸がいっぱいになってしまうのだろう。詩集『夢の途中』が詩「跨線橋」から始まる意味は、人びとはそれぞれの多様な夢を抱いてそれを現実化するために移動しているのであり、人びとやこの世界はある意味で「夢の途中」を生きている多様な世界に満ちていると暗示することだろう。三連目と最終連である四連目を引用する。

君の焦燥がどんなに絡まろうとも
レールのポイントでは巧みに解かれて

明日も定刻通り列車はホームに入線する
晩秋の跨線橋からは夕陽に染まった峰々が見える
そのずっと先にはまだ君の見知らぬ街の
輝かしい明日があるのだ

「君の焦燥」がどんなであっても、「レールのポイント」などの列車を規則正しく動かす人びとがいて、「明日も定刻通りに」列車は人びとを乗せて動き始めるのだ。「晩秋の跨線橋」の上を夕暮れ時に歩くと遠くの峰々が見えてくる。すると坂井氏は「君の見知らぬ街」を想像して、「輝かしい明日」の存在を夢見てしまうのだろう。改札口やプラットフォームなどの駅の周辺は、駆け込み乗車や人身事故などのようにどこか殺伐とした感じがぬぐえない。しかしこの詩「跨線橋」は、読むものをどこか幸福にさせてくれる。坂井氏は術後の療養中に自己を含めて何が人びとを生かし続けようとするのか、その再生しようとする何か生命の根幹にかかわることを、様々な事象や他者との関係を通して探求しているように感じられた。

2

詩「過」は「1　過《あやま》たず」と「2　過《あやま》つ」の二篇から成り立っている。「1　過《あやま》たず」の一連目を引用する。

切られた糸を結び直す蜘蛛のように
あるいは
春を忘れず飛来する渡り鳥のように
過たず
己の本能を貫くものたち

糸を切られた蜘蛛は本能的に糸を結び直す。また渡り鳥が決まった頃に飛来する習性について「己の本能を貫くものたち」を坂井さんは「過《あやま》たず」と言う。このように「ひたすら役割に徹しきるものたち」は『「なぜ」と問うことのないものたち』であり、自らに「なぜ」という問いを発しないものたちがこの世界に満ちていることを告げている。「何度でも」その本能によって糸は結ばれていくのだ。
ところが「2　過《あやま》つ」の一連目は次のように対照的に記されている。

切られた糸を結ばぬ蜘蛛のように
あるいは
冬を忘れた夏鳥のように
過つ
己の本能に背《そむ》くものたち

今の地球温暖化の情況下によって、糸を結ばない蜘蛛や「冬を忘れた夏鳥」が現れてくる。そんな「本来の役割を演じきれぬものたち」に対して、坂井氏は「過つ世界に在るものたちに／日常は容赦ない」と指摘して、地球の生態系が壊れてきた「過つ世界」を生きることの困難さを伝えている。最後の二連は次のようになっている。

「なぜ」と問うことを許されぬものたちよ

過つことは
それが全て

それで全て…

最終連は私たちに深く考えさせる問い掛けがある。本能の力で生き続けてきたものたちが、それを許されない想像を超えた気候変動によってその本能を全うできないことの悲しみを、坂井氏は伝えているように思われる。しかし「それで全て…」という問い掛けは、それでも何か救いがないのかと語りかけている。人間たちが「過つ世界」を作り出してきた破滅的な行為に対して、「それで全て」ではなく、もっと「「なぜ」と問うことを許されぬものたち」に対して畏敬の念を持ち、地球上の本能で生きているものたちを生きやすくするための方策を真剣に考えて実行すべきだと暗示しているのかも知れない。

I章のその他の詩篇も不思議な問い掛けが続いていく。

詩「蟹の数え方」では「生きていれば「人《にん》」／遺骨になれば「柱《はしら》」／位牌に納まれば「基《き》」／と単位が変わる」と存在の変容によって人間の認識が変わり単位が変わるのはなぜなのかと言う。

詩「大地獄《おおじごく》」では「保育園児の孫が指折り数えている／てんごく・じごく・おおじごく（天国地獄大地獄）」という遊びを覚えて帰ってきたが、「「大地獄」とはどんな地獄のことなのだろう」と自分たちの行く末を思い遣る。

詩「天秤」では「二つの言葉を／わたしの胸の内にある天秤に／乗せてみる」と「言葉の職人」としての矜持を語っている。

詩「ひとりぼっちのサンタクロース」では「バー「如月《きさらぎ》」のお姉さんも／大衆酒場「喜久屋《きくや》」の大将も／みんなトナカイの橇に乗って逝っちゃった」と残された者の悲しみを呟く。

詩「あなたに」では「野晒《のざら》しの中／あなたもわたしも／共に想い合う　心／共に在って　一つ／／言葉があなたとわたしを繋ぐ」と言葉で妻への恋情を書き残す。

詩「一本の鎖」では「集いあって思いあって／一つになった撓《しな》う意志は／どんな力であっても／断ち切ることはできない」と志を同じくする「一つになった撓《しな》う意志」

を作り上げていって何か具体的な成果を成し遂げていったものたちへの共感を語っている。

詩「卵《らん》」では、「いずれ、オスの役割は終焉するはずだ。／地球の成長により多くの生物は淘汰され、生存競争が少なくなれば、遺伝子の伝承はより簡潔に、より省力化に、そして何より、最後はあの原始地球の自己完結へと、卵だけの世界に還るはずだ」と地球の生命の遥かな時間を透視した「卵の未来」は生命の神秘に私たちを連れて行ってくれる。

詩「貝」では「太古に、元々、一皮の殻で纏《まと》われた脆弱《ぜいじゃく》な貝が存在した。／そのか弱さ故に、殻を幾重にも積み重ね、内臓を守り抜いたことも、有り得ることだ」と貝と殻の気も遠くなるような「信じ合っている」関係の感動を伝えている。

3

Ⅱ章は五篇から成り立っていて、冒頭の詩「夢の途中」はタイトルにもなった詩だ。その前半部分を引用してみる。

こんな夢を見た

私は一本の刃物を研いでいた
蒼光りを頼りに
無心に　ひたすら研いでいた

なぜ研がねばならなかったのか
その意味が理解出来なかったが
その刃は砥石に私を盛んに攻め立てた

どれだけ研いだだろう
刃は随分と薄く
薄くなるほどにただ光りは冴えていった

わたしはいずれ刃先から
削ぎ落されていく予感がした

蒼い光りが遥か先に仄見えていた

この詩「夢の途中」は坂井氏の精神の在り方である求道的志向性を象徴している。「一本の刃物」を砥石で研いで、刃の刃先が蒼い光りとなって輝くことを目的としてしまうようになる。研ぐという努力をすることが理想の刃の光りの輝きに近づくことで、そのような行為が「夢の途中」だと告げているようだ。坂井氏にとってこの「一本の刃物」とは、生涯を賭けた「一冊の詩集」なのかも知れない。研ぐとは詩篇を推敲することなのだろう。特に今回の詩集は特にその思いで書かれたに違いない。

Ⅱ章の二篇目の「植物図鑑　1　実生《みしょう》」はⅠ章の詩「卵」と同様に、生命の原点を辿り、生きることの意味を深く問いかけてくる詩だろう。冒頭の二連を引用する。

もしも発芽した一本の実生であれば

私はその震える葉に想いを馳せる
風や日照りの軽さに驚きながら

もしもあなた自身が実生そのものならば
私はその震える想いが驚かせる
時に耐える一本の実生が重すぎるから

坂井氏は種から発芽した「実生」を発見すると、その「その震える葉に想いを馳せる」と言う。また「あなた」という他者の中にも「実生」を感受してしまう。他者の「震える想い」に驚かされて、その「時に耐える一本の実生」の存在感の重さを受け止めようとする。きっと坂井氏は他者の存在を「卵」や「実生」といった生命の原点から認識しよう試みているのだろう。Ⅱ章の残りの詩篇もⅢ章の詩篇も、以上のような視線で他者と事物との関係を深く辿りながら新たな関係を発見してそれを開示してくれている。そんな坂井氏の詩集『夢の途中』を読んで欲しいと願っている。

あとがき

　未明、私は目覚める。

真っ先に思うことは、「今日も一日、物事を考えることができる」という安堵である。

昨年（２０２０年5月）病魔に臥した。

それを境に、空間の3ヶ月間に何が起こったのか、私には分からない。少なくともその間に私は、得るものは何もなく、ただ失った物だけが存分にあった。

「無くなった物だけが存分にあった」とは矛盾した話だが、実際、私の脳裏には数々の言葉が「失われた」。

　ただ今はそれが何だったのかを覚えていないのだから、プラスマイナスゼロならば、私には何も失ったものは無いことになる。

２０２０年5月以前の私と、２０２０年9月以降の私。その時系列は目次の順番である。詩「跨線橋」から詩「貝」まで、その時は自分の境遇など思いもしなかった。

退院後、やっと書き始めた詩「夢の途中」の途端に、言葉はまた、混乱し始めた。詩「白桃」では、一日に一、二行しか書けない状態だった。しかもそれだけで数時間、繋ぎできない言葉集めに終始していた。

その年の瀬に、私はやっと言葉の前後が理解できるようになった。詩「浜辺で」からの出発となった。

現在私は、薬に頼りながらも、作品を書き留めて行きたいと思う。以前の私と現在の私を、誰でもない、私自身の軌跡として記しておきたい。少なくとも今日一日、私はまだ考えることができるからだ。

２０２1年8月15日

坂井一則

坂井一則（さかい　かずのり）略歴

一九五六年（昭和三十一年）生まれ

著書

一九七九年　詩集『遥かな友へ』（私家版）
一九九二年　詩集『十二支考』（樹海社）
一九九五年　詩集『そこそこ』（樹海社）
二〇〇七年　詩集『坂の道』（樹海社）
二〇一五年　詩集『グレーテ・ザムザさんへの手紙』（コールサック社）
二〇一八年　詩集『世界で一番不味いスープ』（コールサック社）
二〇一九年　詩集『ウロボロスの夢』（コールサック社）
二〇二一年　詩集『夢の途中』（コールサック社）

所属
日本現代詩人会
日本詩人クラブ
中日詩人会
静岡県文学連盟
文芸誌「コールサック」（石炭袋）　各会員
ネット詩誌「MY DEAR」

現住所
〒四三一-三三一四
静岡県浜松市天竜区二俣町二俣二一〇二-四
(e-mail: sakai1956@sea.tnc.ne.jp)

石炭袋

詩集　夢の途中

2021 年 11 月 24 日初版発行
著者　　　　　坂井一則
編集・発行者　鈴木比佐雄
発行所　株式会社 コールサック社
〒 173-0004　東京都板橋区板橋 2-63-4-209
電話 03-5944-3258　FAX 03-5944-3238
suzuki@coal-sack.com　http://www.coal-sack.com
郵便振替　00180-4-741802
印刷管理　(株) コールサック社　制作部

装幀　松本菜央

落丁本・乱丁本はお取り替えいたします。
ISBN978-4-86435-501-8　C0092　￥1800E